SUITE

DE LA

COLLECTION

COMPLETTE

DES

ŒUVRES

De M. de ********

Nouveau Volume pour joindre aux autres.

APPEL
A TOUTES
LES NATIONS
DE L'EUROPE,
DES JUGEMENS
D'UN
ÉCRIVAIN ANGLAIS.
OU
MANIFESTE

Au sujet des honneurs du Pavillon entre les Théâtres de LONDRES & *de* PARIS.

M. D. CC. LXI.

APPEL

A TOUTES
LES NATIONS
DE L'EUROPE,
DES JUGEMENS
D'UN
ÉCRIVAIN ANGLAIS.

DEUX petits Livres Anglais, dont nous avons vû l'extrait dans le *Journal Encyclopédique*, nous apprennent que cette Nation célebre par tant de bons ouvrages & tant de grandes entreprises, possede de plus deux excellens Poëtes tragiques. L'un est Shakespear, qu'on assure laisser Corneille fort loin derriere lui ; & l'autre le tendre Otwai, très-supérieur au tendre Racine.

Cette dispute étant une affaire de goût, il semble qu'il n'y ait rien à répliquer aux Anglais. Qui pourrait empêcher une Nation entiere d'aimer mieux un Poëte de son pays que celui d'un autre ? On ne peut prouver à tout un Peuple qu'il a du plaisir mal-à-propos ; mais on peut faire les autres Nations Juges entre le Théâtre de Paris & celui de Londres. Nous nous adressons donc à tous les Lecteurs depuis Pétersbourg jusqu'à Naples, & nous les prions de décider.

Il n'y a point d'homme de Lettres, soit Russe, soit Italien, soit Allemand, ou Espagnol, point de Suisse ou de Hollandais qui ne connaisse, par exemple, Cinna ou Phèdre ; & très peu connaissent les Œuvres de Shakespear & d'Otwai. C'est déjà un assez grand préjugé ; mais ce n'est qu'un préjugé. Il faut mettre les pieces du procès sur le Bureau. *Hamlet* est une des pieces les plus estimées de Shakespear, & des plus courues. Nous allons fidelement l'exposer aux yeux des Juges.

PLAN
DE LA TRAGÉDIE
D'HAMLET.

Le ſujet d'Hamlet, Prince de Dannemarck, eſt à peu près celui d'Electre.

Hamlet, Roi de Dannemarck, a été empoiſonné par ſon frere Claudius, & par ſa propre femme Gertrude, qui lui ont verſé du poiſon dans l'oreille pendant qu'il dormait. Claudius a ſuccédé au mort; & peu de jours après l'enterrement, la veuve a épouſé ſon beau-frere.

Perſonne n'a eu le moindre ſoupçon de l'empoiſonnement du feu Roi Hamlet par l'oreille. Claudius regne tranquillement. Deux Soldats étant en ſentinelle à la porte du Palais de Claudius, l'un dit à l'autre : comment s'eſt paſſée ton heure de garde ? Fort bien, je n'ai pas entendu une ſouris trotter. Après quelques propos pareils, un Spectre paraît vêtu à peu près comme le feu Roi Hamlet ; l'un des deux Soldats dit à ſon Camarade, parles à ce Revenant, toi, car tu as étudié ; volontiers, dit l'autre. Arrête & parles, Fantôme, je te l'ordonnes, parles. Le Fantôme diſparaît ſans répondre. Les deux Soldats étonnés raiſonnent ſur cette apparition. Le Soldat Docteur ſe reſſouvient d'avoir oüi dire *que la même choſe était arrivée à Rome du temps de la mort de Céſar, les tombeaux s'ouvrirent, les morts dans leurs linceuls crierent &*

ſauterent dans les rues de Rome. C'eſt ſûrement un préſage de quelque grand événement.

A ces paroles le Revenant reparaît encore. Une Sentinelle lui crie, Fantôme, que veux-tu ? Puis-je faire quelque choſe pour toi ? Viens-tu pour quelque tréſor caché ? *Alors le coq chante.* Le Spectre s'en retourne à pas lents, les Sentinelles ſe propoſent de lui donner un coup de hallebarde pour l'arrêter ; mais il s'enfuit, & ces Soldats concluent que c'eſt l'uſage que les Eſprits s'enfuient au chant du coq.

Car, diſent-ils, dans le temps de l'Avent, la veille de Noel, *l'oiſeau du point du jour chante toute la nuit, & alors les Eſprits n'oſent plus courir. Les nuits ſont ſaines, les planettes n'ont point de mauvaiſe influence, les Fées & les Sorcieres ſont ſans pouvoir dans un temps ſi ſaint & ſi béni.*

Vous noterez que c'eſt-là un des beaux endroits que Pope a marqués avec des guillemets dans ſon édition de Shakeſpear pour en faire ſentir la force.

Après cette apparition, le Roi Claudius, Gertrude ſa femme, & les Courtiſans font converſation dans une ſale du Palais. Le jeune Hamlet, fils du Monarque empoiſonné, Hamlet le Héros de la Piece, reçoit avec une triſteſſe morne & ſévere, les marques d'amitié que lui donnent Claudius & Gertrude : ce Prince était bien loin de ſoupçonner que ſon pere eût été empoiſonné par eux ; mais il trouvait fort mauvais dans le fond de ſon cœur que ſa Mere ſe fût remariée ſi vîte avec le Frere de ſon premier Mari. C'eſt en vain que Gertrude veut perſuader à ſon Fils de ne plus porter le deuil. *Ce n'eſt pas*, dit-il, *mon habit couleur d'encre. Ce ne ſont pas les apparences de la douleur qui font le deuil véritable. Ce deuil eſt au fond de mon cœur, le reſte n'eſt que vaine oſtentation.* Il déclare qu'il veut quitter le Dannemarck & aller à l'Ecole à Vittemberg. Cher Hamlet ne vas point à l'Ecole à Vittemberg, reſtes avec nous. Hamlet répond qu'il tâchera d'obéïr. Le Roi Claudius en eſt charmé, & ordonne que tout le monde aille boire au bruit du canon, quoique la poudre ne fût point encore inventée.

Hamlet demeuré ſeul reſte en proye à ſes réflexions. *Quoi*, dit-il, *ma Mere*

Mere que mon Pere aimait tant, ma Mere pour qui mon Pere ſentait toujours renaître ſon appétit en mangeant, ma Mere en épouſe un autre au bout d'un mois ! Un autre qui n'approche pas plus de lui qu'un ſatyre n'approche du ſoleil, à peine le mois écoulé ! Un petit mois ! Que dis-je, avant qu'elle eut uſé les ſouliers avec leſquels elle ſuivit le corps de mon pauvre Pere ! Ah ! la fragilité eſt le nom de la femme. Mon cœur ſe fend, car il faut que j'arrête ma langue. Pope avertit encore les Lecteurs d'admirer ce morceau.

Cependant les deux Sentinelles viennent informer le Prince Hamlet qu'ils ont vu un Spectre tout ſemblable au Roi ſon pere, cela donne une grande inquiétude au Prince, il brûle de voir ce Fantôme, il jure de lui parler, quand l'enfer ouvert lui commanderait de se taire, & il va chez lui attendre avec impatience que le jour finisse.

Tandis qu'il est dans sa chambre au Palais, il y a une jeune personne nommée Ophelie, fille de Milord Polonius, Grand-Chambellan, qui paraît dans la maison de son Pere avec son frere Laerte. Ce Laerte va voyager, cette Ophelie sent un peu de goût pour le Prince Hamlet. Laerte lui donne de très-bons conseils.

Voyez-vous ma sœur, un Prince, un Héritier d'un Royaume ne doit pas couper sa viande lui-même, il faut qu'on lui choisisse ses morceaux; prenez garde de perdre avec lui votre cœur, & de laisser votre chaste trésor ouvert à ſes violentes importunités. Il eſt dangereux d'ôter ſon maſque, même au clair de la lune. La putréfaction détruit ſouvent les enfans du printems, avant que leurs boutons ſoient ouverts, & dans le matin & la roſée de la jeuneſſe, les vents contagieux ſont fort à craindre.

OPHELIE *répond.*

Ah! mon cher Frere, ne fais pas avec moi comme font tant de Curés maugracieux qui montrent le chemin roide & épineux du Ciel, tandis qu'eux-mêmes ſont de hardis libertins qui font le contraire de ce qu'ils prêchent.

Le Frere & la Sœur, ayant ainſi raiſonné, laiſſent la place au Prince Hamlet, qui revient avec un ami & les mêmes ſentinelles qui avaient vu le Revenant. Ce Fantôme ſe préſente encore devant eux. Le Prince lui parle avec reſpect & avec courage. Le Fantôme ne lui répond qu'en lui faiſant ſigne de le ſuivre. Ah ! ne le ſuivez pas, lui dit ſon ami, quand on a ſuivi un eſprit, on court riſque de devenir fou ; n'importe, répond Hamlet, j'irai avec lui. On veut l'en empêcher, on ne peut en venir à bout, mon deſtin me crie d'y aller, dit-il, & rend les plus petits de mes arteres auſſi forts que le lion de Nemée. Oui, je le ſuivrai & je ferai un eſprit de quiconque s'y oppoſera.

Il s'en retourne donc avec le Fantôme, & ils reviennent enſuite familierement tous deux enſemble. Le Revenant lui apprend, qu'*il eſt en Purgatoire, & qu'il va lui conter des choſes qui lui feront dreſſer les cheveux comme les pointes d'un porc épic. On croit*, dit-il, *que je ſuis mort de la piquure d'un ſerpent dans mon Verger ; mais le ſerpent, c'eſt celui qui porte ma Couronne, c'eſt mon Frere ; & ce qu'il y a de plus horrible, c'eſt qu'il m'a fait mourir ſans que je puſſe recevoir l'Extrême-Onction ; vange-moi. Adieu, mon fils, les vers luiſans annoncent l'aurore ; adieu, ſouviens-toi de moi.*

Les amis du Prince Hamlet reviennent alors lui demander ce que lui a dit l'Eſprit. C'eſt un très-honnête Eſprit, répond le Prince ; mais jurez-moi de ne rien révéler de ce qu'il m'a confié ; on entend auſſitôt la voix du Fantôme qui crie aux amis, *jurez*. Il faut, leur dit le Prince, jurer par mon épée ; le Fantôme crie ſous terre, *jurez par ſon épée*. Ils font le ſerment.

Hamlet s'en va avec eux ſans prendre aucune réſolution.

Le Lecteur qui lit cette Hiſtoire merveilleuſe, peut ſe ſouvenir que ce même Prince Hamlet était amoureux de Mademoiſelle Ophelie, fille de Milord Polonius, Grand-Chambellan, & Sœur du jeune Laerte, qui va en France pour ſe former *l'eſprit & le cœur*. Le bon homme Polonius recommande Laerte ſon fils à ſon Gouverneur ; & lui dit en propres termes : que ce jeune homme va quelquefois au Bordel, & qu'il faut le veiller de près ; tandis qu'il donne au Gouverneur ſes inſtructions, ſa fille Ophelie arrive toute effarée ! *Ah ! Milord*, lui dit-elle, *j'étois occupée à coudre dans mon cabinet ; le Prince Hamlet eſt arrivé le pourpoint déboutonné, ſans chapeau, ſans jarretieres, les bas ſur les talons, les genoux tremblans, & ſe frappant l'un contre l'autre, pâle comme ſa chemiſe. Il m'a long-temps manié le viſage comme s'il voulait me peindre, m'a ſecoué le bras, a branlé la tête, a pouſſé de profonds ſoupirs, & s'en eſt allé comme un aveugle qui cherche ſon chemin à tâtons.*

Le bon homme Polonius, qui ne ſçait pas qu'Hamlet a vu un eſprit & qu'il peut en être devenu fou, croit que ce Prince a perdu la cervelle par l'excès de ſon amour pour Ophelie ; & les choſes en reſtent là. Le Roi & la Reine raiſonnent beaucoup ſur la folie du Prince. Des Ambaſſadeurs de Norwege arrivent à la Cour & apprennent cet accident. Le bon homme Polonius qui eſt un vieux radoteur beaucoup plus fou que Hamlet, aſſure le Roi qu'il aura grand ſoin du malade ; *c'eſt mon devoir*, dit-il, *car qu'eſt-ce que le devoir ? C'eſt le devoir, comme le jour eſt le jour, la nuit eſt la nuit, & le temps eſt le temps ; ainſi, puiſque la briéveté eſt l'ame de l'eſprit & que la loquacité en eſt le corps, je ſerai court ; votre noble fils eſt fou, je l'appelle fou, car qu'eſt-ce que la folie, ſinon d'être fou ? Il eſt donc fou, Madame. Cela eſt ; c'eſt grand pitié : mais c'eſt grand pitié que cela ſoit vrai, il ne s'agit plus que de trouver la cauſe de l'effet. Or, la cauſe, c'eſt que j'ai une fille.* Pour prouver que c'eſt l'amour qui a ôté le ſens commun au Prince, il lit au Roi & à la Reine les Lettres qu'Hamlet a écrites à Ophelie.

Tandis que le Roi, la Reine & toute

toute la Cour s'entretiennent ainſi du triſte état du Prince, il arrive tout en déſordre & confirme par ſes diſcours l'opinion qu'on a de ſa cervelle ; cependant il fait quelquefois des réponſes qui décellent une ame profondément bleſſée, leſquelles ont beaucoup de ſens. Les Chambellans qui ont ordre de le divertir, lui propoſent d'entendre une Troupe de Comédiens nouvellement arrivés. Hamlet parle de la Comédie avec beaucoup d'intelligence ; les Comédiens jouent une ſcène devant lui, il en dit fort bien ſon avis. Et enſuite quand il eſt ſeul, il déclare qu'il n'eſt pas ſi fou qu'il le paraît. *Quoi*, dit-il, *un Comédien vient de pleurer pour Hecube ! Et qu'eſt-ce que lui eſt Hécube ? Que ferait-il donc ſi ſon oncle & ſa mere avaient empoiſonné ſon pere, comme Claudius & Gertrude ont empoiſonné le mien ? Ah ! maudit empoiſonneur, aſſaſſin, putaſſier ! Traître, débauché, indigne vilain ! Et moi, quel âne je ſuis ! N'eſt-il pas vraiment brave à moi ; moi le fils d'un Roi empoiſonné, moi à qui le Ciel & l'enfer demandent vengeance, de me borner à exhaler ma douleur en paroles comme une putain ? Que je m'en tienne à des malédictions comme une vraie ſalope, comme une gueuſe, un torchon de cuiſine.*

Il prend alors la réſolution de ſe ſervir de ces Comédiens pour découvrir ſi en effet ſon oncle & ſa mere ont empoiſonné ſon pere ; car après tout, dit-il, le Fantôme a pu me tromper, c'eſt peut-être le diable qui m'a parlé ; il faut s'éclaircir. Hamlet propose donc aux Comédiens de jouer une Pantomime, dans laquelle un homme dormira, & un autre lui versera du poison dans l'oreille. Il est bien sûr que si le Roi Claudius est coupable, il sera fort étonné en voyant la Pantomime ; il pâlira, son crime sera sur son visage. Hamlet sera convaincu du crime & aura le droit de se venger.

Ainsi dit, ainsi fait. La Troupe vient jouer cette Scène muette devant le Roi, la Reine & toute la Cour. Et après la Scène muette, il y en a une autre en vers. Le Roi & la Reine trouvent ces deux Scénes fort impertinentes. Ils soupçonnent Hamlet d'avoir fait la piéce & de n'être pas tout-à-fait aussi fou qu'il le paraît ;

cette idée les met dans une grande perplexité, ils tremblent d'être découverts. Quel parti prendre, le Roi Claudius ſe réſout à envoyer Hamlet en Angleterre pour le guérir de ſa folie, & écrit au Roi d'Angleterre, ſon bon ami, pour le prier de faire pendre le jeune Voyageur ſitôt la préſente reçue.

Mais avant de faire partir Hamlet, la Reine eſt bien aiſe de l'interroger, de le ſonder; & de peur qu'il ne faſſe quelque folie dangereuſe, le vieux Chambellan Polonius ſe cache derriere une tapiſſerie prêt à venir au ſecours en cas de beſoin.

Le Prince fou, ou prétendu fou, vient parler à Gertrude ſa mere. Chemin faiſant il rencontre dans un coin le Roi Claudius à qui il a pris un petit remords ; il craint d'être un jour damné pour avoir empoiſonné ſon Frere, épouſé la Veuve & uſurpé la Couronne. Il ſe met à genoux & fait une courte priere qui vaudra ce qu'elle pourra. Hamlet a d'abord envie de prendre ce temps-là pour le tuer, mais faiſant réflexion que le Roi Claudius eſt en état de grace, puiſqu'il prie Dieu, il ſe donne bien de garde de l'aſſaſſiner dans cette circonſtance. *Que je ſerais ſot*, dit-il, *je l'enverrais droit au Ciel, au lieu qu'il a envoyé mon pere en Purgatoire ; allons, mon épée, attends pour paſſer au travers de ſon corps, qu'il ſoit yvre, ou qu'il joue, & qu'il jure, ou qu'il ſoit couché avec quelque inceſtueuſe, ou qu'il faſſe quelque autre action qui n'ait pas l'air d'opérer ſon ſalut ; alors tombe ſur lui, qu'il donne du talon au Ciel, que ſon ame ſoit damnée, & noire comme l'Enfer où il deſcendra.* C'eſt encore là un morceau que les guillemets de Pope nous ordonnent d'admirer.

Hamlet ayant donc différé le meurtre du Roi Claudius dans l'intention de le damner, vient parler à ſa mere, & lui fait, au milieu de ſes propos inſenſés, des reproches accablans, qu'elle reſſent juſqu'au fond du cœur. Le vieux Chambellan Polonius craint que les choſes n'aillent trop loin; il crie au ſecours derriere la tapiſſerie. Hamlet ne doute pas que ce ne ſoit le Roi qui s'eſt caché là pour l'entendre: Ah! ma mere, s'écrie-t-il, il y a un gros rat derriere la tapiſſerie; il tire ſon épée, court au rat, & tue le bon-homme Polonius. Ah! mon fils, que fais-tu ? *Ma mere, eſt-ce le Roi que j'ai tué ? C'eſt une vilaine action de tuer un Roi ; & preſque auſſi vilaine, ma bonne mere, que de tuer un Roi & de coucher avec ſon frere.* Cette converſation dure très-long-temps ; & Hamlet en s'en allant, marche ſans y penſer ſur le corps du vieux Chambellan, & eſt prêt de tomber.

Le bon-homme Milord Chambellan était un vieux fou, & donné pour tel, comme on l'a déjà vû. Sa fille Ophélie, qui apparemment avait des diſpoſitions au même tour d'eſprit, devient folle à lier, quand elle apprend la mort de ſon pere : elle accourt avec des fleurs & de la paille ſur ſa tête, chante des Vaudevilles, & va ſe noyer.

On la repêche, & on se dispose à l'enterrer. Cependant le Roi Claudius a fait embarquer le Prince pour l'Angleterre; déjà Hamlet était dans le vaisseau, & il se doutait qu'on l'envoyait à Londres pour lui jouer quelque mauvais tour; il prend dans la poche d'un des Chambellans, ses conducteurs, la lettre du Roi Claudius à son ami le Roi d'Angleterre, scellée du grand sceau; il y trouve une instante priere de le dépêcher, & de le faire partir pour l'autre monde à son arrivée. Que fait-il? Il avait heureusement le grand sceau de son pere dans sa bourse, il jette la lettre dans la mer, & en écrit une autre, dans laquelle il signe *Claudius*, & prie le Roi d'Angleterre de faire pendre sur le champ les porteurs de la dépêche,

puis

puis il replie le tout fort proprement & y applique le ſceau du Royaume.

Cela fait, il trouve un prétexte de revenir à la Cour. La premiere choſe qu'il y voit, c'eſt une couple de Foſſoyeurs qui creuſent une foſſe pour enterrer Mademoiſelle Ophelie ; ces deux Manœuvres ſont des réjouis aſſez plaiſans, ils agitent la queſtion ſi Ophelie doit être enterrée en terre ſainte après s'être noyée, & ils concluent qu'elle doit être traitée en bonne Chrétienne, parce qu'elle eſt fille de qualité. Enſuite ils prétendent que les Manœuvres ſont les plus anciens Gentilshommes de la terre, parce qu'ils ſont du métier d'Adam ; mais Adam était-il Gentilhomme, dit l'un des Foſſoyeurs ? Oui, répond l'autre, car il eſt le premier qui ait porté les armes ; lui des armes ! dit le premier ; ſans doute, dit le ſecond, peut-on remuer la terre ſans avoir des pioches & des hoyaux ? il avait donc des armes, il étoit donc Gentilhomme.

Au milieu de tous ces beaux diſcours, & des chanſons galantes que ces Meſſieurs chantent dans le cimetiere de la Paroiſſe du Palais, arrive le Prince Hamlet avec un de ſes amis, & tous enſemble ſe mettent à conſidérer les têtes de morts qu'on trouve en creuſant. Hamlet croit reconnaître le crâne d'un Homme d'Etat, capable de tromper Dieu, puis celui d'un Courtiſan, d'une Dame de la Cour, d'un fripon d'Homme de Loi, & il n'épargne pas les railleries aux défunts poſſeſſeurs de ces têtes. Enfin on trouve l'étui qui renfermait la cervelle du Fou du Roi, & on conclut qu'il n'y a pas grande différence entre la cervelle des Alexandre, des Cesar & celle de ce Fou ; enfin en raisonnant & en chantant, la fosse est faite. Les Prêtres arrivent avec de l'eau bénite. On apporte le corps d'Ophelie. Le Roi & la Reine suivent la biere, Laertes, le frere d'Ophelie, accompagne sa sœur avec un long crêpe, & quand on a mis le corps en terre, Laertes, outré de douleur, se jette dans la fosse. Hamlet, qui se souvient d'avoir aimé Ophelie, s'y jette aussi. Laertes indigné de voir avec lui dans la même fosse celui qui a tué le Chambellan Polonius, son pere, en le prenant pour un rat, lui saute à la face ; ils se battent à coups de poings dans la fosse, & le Roi les sépare pour maintenir la décence dans les cérémonies de l'Eglise.

Cependant le Roi Claudius, qui eſt grand Politique, voit bien qu'il ſe faut défaire d'un auſſi dangereux fou que le Prince Hamlet; & puiſque ce jeune Prince n'eſt pas pendu à Londres, il eſt bien convenable de le faire périr en Dannemarck.

Voici la façon dont l'adroit Claudius s'y prend, il était accoutumé à empoiſonner. Ecoutes, dit-il au jeune Laertes, le Prince Hamlet a tué ton pere, mon Grand-Chambellan; je vais te propoſer, pour te venger, un petit divertiſſement de chevalerie. Je gagerai contre toi que de douze paſſes tu n'en feras pas trois à Hamlet; tu combattras avec lui devant toute la Cour. Tu prendras adroitement un fleuret aiguiſé dont j'ai trempé la pointe dans un poiſon très-ſubtil. Si par malheur tu ne peux réuſſir à frapper le Prince, j'aurai ſoin de mettre pour lui une bouteille de vin empoiſonné ſur la table. Il faut bien boire quand on s'eſcrime, Hamlet boira quelques coups, & de façon ou d'autre il eſt mort ſans rémiſſion. Laertes trouve le divertiſſement & la vengeance de la meilleure invention du monde.

Hamlet accepte le défi. On met des bouteilles & des vidrecomes ſur la table, les deux champions paraiſſent le fleuret à la main en préſence de Claudius, de Madame Gertrude & de la Cour Danoiſe ; ils ferraillent ; Laertes bleſſe Hamlet avec ſon fleuret empoiſonné. Hamlet ſe ſentant bleſſé crie trahiſon , tous les aſſiſtans crient trahiſon. Hamlet furieux arrache à Laertes ſon fleuret pointu , l'en frappe lui-même & en frappe le Roi : la Reine Gertrude épouvantée veut boire un coup pour reprendre ſes forces , la voilà auſſi empoiſonnée , & tous quatre ; c'eſt-à-dire , le Roi Claudius , Gertrude , Laertes & Hamlet tombent morts.

Il eſt à remarquer qu'on reçoit alors la nouvelle que les deux Chambellans qui avaient fait voile pour l'Angleterre , avec le paquet ſcellé du grand Sceau du Dannemarck , ont été dépêchés en arrivant. Ainſi , Dieu merci , il ne reſte aucun des acteurs en vie : mais pour remplacer les défunts il y a un certain Fort-en-bras , parent de la Maiſon qui a conquis la

Pologne, pendant qu'on jouait la Piece, & qui vient à la fin se proposer pour Candidat au Trône de Dannemarck.

Telle est exactement la fameuse Tragédie d'Hamlet, le chef-d'œuvre du Théâtre de Londres. Tel est l'ouvrage qu'on préfere à Cinna.

Il y a là deux grands problêmes à résoudre : le premier, comment tant de merveilles se sont accumulées dans une seule tête ? car il faut avouer que toutes les Pieces du divin Shakespear sont dans ce goût. Le second, comment on a pu élever son ame jusqu'à ces Pieces avec transport, & comment elles sont encore suivies dans un siecle qui a produit le Caton d'Addisson ?

L'étonnement de la premiere merveille doit cesser quand on sçaura que Shakespear a pris toutes ses Tragédies de l'Histoire ou des Romans, & qu'il n'a fait que mettre en dialogues le Roman de Claudius, de Gertrude & d'Hamlet, écrit tout entier par Saxon le Grammairien, à qui gloire soit rendue.

La seconde partie du problême, c'est-à-dire, le plaisir qu'on prend à ces Tragédies, souffre un peu plus de difficulté; mais en voici la raison selon les profondes réflexions de quelques Philosophes.

Les Porteurs de chaise, les Matelots, les Fiacres, les Courtaux de boutique, les Bouchers, les Clercs même aiment passionnément les Spectacles; donnez-leur des combats de coqs, ou de taureaux ou de gladiateurs,

teurs, des enterrements, des duels, des gibets, des ſortileges, des revenants, ils y courent en foule; & il y a plus d'un Seigneur auſſi curieux que le Peuple. Les Bourgeois de Londres trouverent dans les Tragédies de Shakeſpear tout ce qui peut plaire à des Curieux. Les Gens de la Cour furent obligés de ſuivre le torrent: comment ne pas admirer ce que la plus ſaine partie de la ville admirait? Il n'y eut rien de mieux pendant cent cinquante ans; l'admiration ſe fortifia & devint une idolâtrie. Quelques traits de génie, quelques vers heureux, pleins de naturel & de force, & qu'on retient par cœur, malgré qu'on en ait, ont demandé grace pour le reſte, & bientôt toute la Piece a fait fortune, à l'aide de quelques beautés de détail.

Il y a, n'en doutons point, de ces beautés dans Shakeſpear. M. de Voltaire eſt le premier qui les ait fait connaître en France ; c'eſt lui qui nous apprit, il y a environ trente ans, les noms de Milton & de Shakeſpear : mais les traductions qu'il a faites de quelques paſſages de ces Auteurs, ſont-elles fideles ? Il nous avertit lui-même que non ; il nous dit qu'il a plutôt imité que traduit. Voici comme il a rendu en vers le monologue d'Hamlet, qui commence la ſeconde Scène du troiſieme Acte :

Demeure, il faut choiſir, & paſſer à l'inſtant
De la vie à la mort, & de l'être au néant.
Dieux juſtes, s'il en eſt, éclairez mon courage.
Faut-il vieillir courbé ſous la main qui m'outrage,
Supporter ou finir mon malheur & mon ſort ?
Qui ſuis-je ? qui m'arrête ? & qu'eſt ce que la mort ?
C'eſt la fin de nos maux, c'eſt mon unique aſyle ;
Après de longs tranſports, c'eſt un ſommeil tranquille.

On s'endort, & tout meurt. Mais un affreux réveil
Doit succéder peut-être aux douceurs du sommeil.
On nous menace, on dit que cette courte vie
De tourmens éternels est aussi-tôt suivie.
O mort! moment fatal! Affreuse éternité!
Tout cœur à ton seul nom se glace épouvanté.
Eh! qui pourrait, sans toi, supporter cette vie;
De nos fourbes puissans bénir l'hypocrisie;
D'une indigne Maîtresse encenser les erreurs;
Ramper sous un Ministre, adorer ses hauteurs;
Et montrer les langueurs de son ame abbatue
A des amis ingrats, qui détournent la vûe?
La mort serait trop douce en ces extrêmités;
Mais le scrupule parle, & nous crie: arrêtez.
Il défend à nos mains cet heureux homicide,
Et d'un Héros guerrier fait un Chrétien timide, &c.

Après ce morceau de poësie, les Lecteurs sont priés de jetter les yeux sur la traduction littérale:

Etre ou n'être pas, c'est-là la question;
S'il est plus noble dans l'esprit de souffrir
Les piquures & les fléches de l'affreuse fortune,
Ou de prendre les armes contre une mer de trouble,
Et en s'opposant à eux, les finir? Mourir, dormir,

Rien de plus; & par ce ſommeil, dire : nous terminons
Les peines du cœur, & dix mille chocs naturels
Dont la chair eſt héritiere, c'eſt une conſommation
Ardemment déſirable. Mourir, dormir :
Dormir ! peut-être rêver ! Ah ! voilà le mal.
Car, dans ce ſommeil de la mort, quels rêves aura-t-on,
Quand on a dépouillé cette enveloppe mortelle?
C'eſt-là ce qui fait penſer : c'eſt-là la raiſon
Qui donne à la calamité une vie ſi longue
Car qui voudrait ſupporter les coups, & les injures du temps,
Les torts de l'oppreſſeur, les dédains de l'orgueilleux,
Les angoiſſes d'un amour mépriſé, les délais de la Juſtice,
L'inſolence des grandes places, & les rebuts
Que le mérite patient eſſuie de l'homme indigne?
Quand il peut faire ſon *Quietus* (1)
Avec une ſimple aiguille à tête ! Qui voudrait porter ces fardeaux,
Sanglotter, ſuer ſous une fatigante vie?
Mais cette crainte de quelque choſe après la mort,

---

(1) Ce mot latin, qui ſignifie *tranquille*, eſt dans l'original.

Ce pays ignoré, des bornes duquel
Nul voyageur ne revient, embarraſſe la volonté,
Et nous fait ſupporter les maux que nous avons,
Plutôt que de courir vers d'autres que nous ne
connaiſſons pas;
Ainſi la conſcience fait des poltrons de nous tous;
Ainſi la couleur naturelle de la réſolution
Eſt ternie par les pâles teintes de la penſée;
Et les entrepriſes les plus importantes,
Par ce reſpect, tournent leur courant de travers;
Et perdent leur nom d'action . . . . . .

A travers les obſcurités de cette traduction ſcrupuleuſe, qui ne peut rendre le mot propre Anglais par le mot propre Français, on découvre pourtant très-aiſément le génie de la langue Anglaiſe, ſon naturel qui ne craint pas les idées les plus baſſes, ni les plus giganteſques. Son énergie, que d'autres Nations croiraient dureté, ſes hardieſſes, que des eſprits peu accoutumés aux tours étrangers, prendraient pour du galimathias. Mais ſous ces voiles on découvrira de la vérité, de la profondeur, & je ne ſçais quoi qui attache, & qui remue beaucoup plus que ne ferait l'élégance ; auſſi il n'y a preſque perſonne en Angleterre qui ne ſçache ce monologue par cœur. C'eſt un diamant brut, qui a des taches. Si on le poliſſait, il perdrait de ſon poids.

Il n'y a peut-être pas un plus grand exemple de la diverſité des goûts des Nations. Qu'on vienne après cela nous parler des régles d'Ariſtote, & des trois unités, & des bienſéances, & de la néceſſité de ne laiſſer jamais la ſcène vuide, & de ne faire ni ſortir, ni entrer aucun perſonnage ſans une raiſon ſenſible ; de lier une intrigue avec art, de la dénouer naturellement, de s'exprimer en termes nobles & ſimples, de faire parler les Princes avec la décence qu'ils ont toujours, ou qu'ils voudraient avoir; de ne jamais s'écarter des régles de la langue. Il eſt clair qu'on peut enchanter toute une Nation, ſans ſe donner tant de peines.

Si Shakeſpear l'emporte par ces raiſons ſur Corneille, nous avouerons que Racine eſt bien peu de choſe en comparaiſon du tendre & élégant Otwarai. Pour s'en convaincre, il ne faut que jetter les yeux ſur ce petit précis de la Tragédie, intitulée: *L'Orpheline.*

L'ORPHELINE,

TRAGÉDIE.

UN vieux Gentilhomme Boheme, nommé *Acasto*, est retiré dans son château avec ses deux fils, Castalio & Polidore. Il est vrai que ces noms-là ne sont pas plus Bohemes que celui de Claudius n'est Danois. Serine sa fille demeure aussi dans la maison ; de plus il a chez lui une orpheline nommée *Monime*, qui n'est pas la Monime de Racine. Cette Monime lui a été confiée par le défunt pere de la Demoiselle. Il y a dans le château de Monseigneur Acasto un Chapelain, un Page, & deux Valets de chambre. Voilà le train du bon-homme, me, du moins celui qu'on voit ſur le Théâtre. Joignez-y encore une Servante de Serine, ajoutez à tout cela un frere de Monime, homme un peu violent qui arrive de Hongrie, & vous aurez tous les Acteurs de cette Tragédie.

Si celle d'Hamlet commence par deux Sentinelles, celle de l'Orpheline commence par deux Valets de chambre; car il faut bien imiter les grands hommes. Ces Valets parlent de leur bon maître Acaſto qui a quitté le ſervice, & de ſes deux enfans Polidore & Caſtalio, qui paſſent leur temps à la chaſſe. Pour ne point amuſer le Lecteur, il faut lui dire que s'il ſe doute que les deux freres ſont tous deux amoureux de Monime, comme dans Racine, il ne ſe trompe pas.

Mais il ſera peut-être un peu étonné d'apprendre que Caſtalio, l'un des deux freres qui eſt aimé, permet à ſon cher Polidore de coucher, s'il peut, avec Monime; pourvû que lui Caſtalio puiſſe auſſi avoir le même droit, il eſt content: car il jure qu'il ne veut pas l'épouſer, *& qu'il ſe mariera quand il ſera vieux pour mortifier ſa chair.*

Cependant, immédiatement après avoir parlé ainſi contre le mariage, il épouſe ſecrettement Monime, & l'Aumônier de la maiſon leur donne la bénédiction nuptiale. Sur ces entrefaites arrive de Hongrie Mr Chamont, frere de Monime; c'eſt un homme bien étrange & bien difficile que ce Mr Chamont. Il demande d'abord à ſa ſœur ſi elle a ſon pucelage? Monime lui jure qu'elle eſt une perſonne d'honneur. » Eh! pourquoi êtes-vous » en doute de mon pucelage, mon fre- » re? Ecoutez, ma ſœur, il n'y a pas » long-temps que j'eus un rêve en » Hongrie; tout mon lit remua, je te » vis entre deux gens qui te fétoyaient » tour-à-tour; je pris ma grande épée. » Je courus à eux; & en m'éveillant, » je vis que j'avais percé ma tapiſſerie » à perſonnages, juſte dans l'endroit » qui repréſente Polinice & Etéocle, » les deux freres Thébains ſe tuant » l'un l'autre.

» Eh bien, mon frere, parce que » vous avez été tourmenté en ſonge, il » faut que vous me tourmentiez éveil- » lée? Oh! ce n'eſt pas tout, ma ſœur, » ne te juſtifie pas ſi vîte. Comme je » paſſais mon chemin l'autre jour en

» pensant à mon rêve, je rencontrai
» une vieille sans dent, toute racornie,
» tout en double, son dos voûté était
» couvert d'un vieux morceau de ber-
» game, ses cuisses à peine cachées par
» des haillons de toutes couleurs, (va-
» riété de gueuserie) elle ramassait quel-
» ques coupeaux de bois; je lui donnai
» l'aumône, elle me demanda où j'al-
» lais, & me dit d'aller vîte si je vou-
» lais sauver ma sœur. Enfin elle me
» parla de Castalio & de Polidore.

Cette aventure étonne beaucoup Monime: elle lui avoue sur le champ qu'elle s'est promise à Castalio; mais elle jure qu'elle n'a pas encore couché avec lui.

Cet aveu ne satisfait point Mr Chamont; c'est un rude homme, comme nous l'avons déjà insinué; il s'en va trouver le Chapelain. *Or ça*, lui dit-il, *Mr Gravité, n'êtes-vous pas l'Aumônier de la maiſon? Et vous, Monſieur, n'êtes-vous pas Officier?* Oui, Monſieur, *j'ai été Officier auſſi; mais mes parents m'ont mis dans l'Egliſe, & je ſuis pourtant honnête homme, quoique je ſois vêtu de noir: je ſuis aſſez bien venu dans la famille; je ne prétends pas en ſçavoir plus que les autres, je ne me mêle que de mes affaires; je me leve matin, j'étudie peu, je bois & mange gaiement; auſſi tout le monde a de la conſidération pour moi.*

» As-tu connu mon pere, le vieux » Chamont?

» Oui, j'ai été très-affligé de ſa » mort.

» Quoi! tu l'aimais! Je t'embraſſe- » rais volontiers.. Dis-moi un peu,

» crois-tu que Caſtalio aime ma ſœur?

» S'il aime votre ſœur?

» Oui, oui, s'il aime votre ſœur?

» Ma foi, je ne lui ai jamais demandé; & je m'étonne que vous me faſſiez une pareille queſtion.

» Ah! hypocrite! tu es comme tous » tes pareils, tu ne vaut rien, tu n'as pas » le courage de dire la vérité; & tu » prétends l'enſeigner!... Es-tu mêlé » dans cette affaire? Quelle part y as-» tu? La peſte ſoit de la face ſérieuſe » du vilain; tu roule les yeux tout » juſte comme les maquerelles: oui, » les maquerelles; elles parlent du » ciel, elles ont les yeux dévots, elles » mentent; elles prêchent comme un » Prêtre, & tu es une maquerelle.

Ce qu'il y a de bon, c'eſt que l'Aumônier gagné par ces douces paroles, lui avoue que le matin il a marié dans un grenier Castalio & Monime.

Le frere trouve la chose assez bien, & s'en va avec Mr l'Aumônier. Les deux mariés arrivent à leur place; il s'agit de consommer le mariage. Les gens peu instruits croiraient par tout ce qui s'est passé, que cette cérémonie va se faire sur le Théâtre. Mais la décente Monime se contente de dire au nouveau marié, de venir frapper trois coups à la porte de son appartement, quand toute la maison sera bien endormie.

Le frere Polidore entend ce propos; & ne sçachant pas que son frere Castalio est le mari de Monime, il prend son parti de le prévenir, & d'aller vîte s'emparer des prémices de Monime. Il s'adresse au petit fripon de Page, lui promet des ſucreries & de l'argent, s'il veut amuſer ſon frere Caſtalio une partie de la nuit: le Page fait bien ſa commiſſion, il parle à Caſtalio de l'amour de Monime, de ſes jarretieres, de ſa gorge; il veut lui chanter une chanſon. Il lui fait perdre ſon temps.

Polidore n'a pas perdu le ſien; il eſt allé à la porte de Monime, il a frappé les trois petits coups, la Servante lui a ouvert, & le voilà couché avec la femme de ſon Frere.

Enfin, Caſtalio arrive à cette porte & frappe les trois coups, la Servante qui aurait dû le reconnaître à la voix, & reconnaître auſſi l'autre, ne s'aviſe ſeulement pas de craindre de ſe méprendre, elle croit que le faux mari qui ſe préſente eſt Polidore, & que

que c'eſt le vrai mari Caſtalio qui eſt au lit ; elle le renvoie, lui dit qu'il eſt un extravagant ; il a beau ſe nommer, on lui ferme la porte au nez ; il eſt traité par la ſuivante comme Amphitrion par Soſie.

Polidore ayant joui à ſon aiſe du fruit de ſa ſupercherie, apparemment ſans dire mot, a laiſſé là ſa conquête, & s'eſt allé repoſer. Caſtalio, à qui on n'a point ouvert, ſe déſeſpere, entre en fureur, ſe roule ſur le plancher, dit des injures à tout le Sexe, & conclu que depuis Eve, qui devint amoureuſe du diable, & damna le Genre-Humain, les femmes ont été la cauſe de tous les malheurs.

Monime qui s'eſt levée en hâte pour retrouver ſon cher Caſtalio, avec qui elle croit avoir paſſé quelques doux momens, le rencontre & veut l'embraſſer ; il la traite de ſcélérate, & la traîne par les cheveux hors de la ſale.

Monſieur Chamont ſe ſouvenant toujours de ſon rêve & de ſa vieille ſorciere, vient gravement demander à ſa Sœur des nouvelles de la conſommation de ſon mariage. La pauvre femme lui avoue que ſon mari après l'avoir bien careſſée, l'a traînée par les cheveux ſur le plancher.

Ce Chamont, qui n'entend pas raillerie, s'en va vîte trouver le pere, (qui par parenthèſe était tombé en faibleſſe dans le courant de la Tragédie par excès de vieilleſſe,) il lui parle du même ton qu'il a parlé à l'Aumônier : » ſçavez-vous, lui dit-il, que » votre fils Caſtalio a épouſé ma Sœur?

» J'en ſuis fâché, répond le bon hom-
» me. Comment, fâché; pardieu, il
» n'y a point de Grand-Seigneur qui ne
» s'en orgueillit d'avoir ma Sœur, en-
» tendez-vous? Mais, morbleu, il l'a
» maltraitée, je veux que vous lui ap-
» preniez à vivre, ou je mettrai le feu
» à la maiſon. Eh bien, eh bien, je vous
» rendrai juſtice. Adieu fier garçon.

Ce pauvre pere va donc parler à Caſtalio ſon fils, pour ſçavoir quelle eſt cette aventure: pendant qu'il lui parle, Polidore veut ſçavoir de Monime comment elle ſe trouve de la nuit paſſée; il croit n'avoir joui que de la Maîtreſſe de ſon frere, en vertu de la permiſſion que ſon Frere lui avait donnée. Monime à ſes diſcours ſe doute de la mépriſe; enfin Polidore lui avoue qu'il a eu ſes faveurs. Monime tombe évanouie ; elle ne reprend ſes ſens que pour s'abandonner à l'excès de ſa juſte douleur. » Malheureux ! » ſçais-tu quel crime tu as commis, & » tu m'as fait commettre ? Je ſuis la » femme de ton Frere... Qui ? Vous ! » Quoi ! mariée... Oui, mariée d'hier, » & nous ſommes coupables du plus » horrible inceſte. Alors, ce ſont de » part & d'autre des regrets, des pleurs, » des cris, c'eſt le plus violent déſeſ- » poir. Je vais faire pénitence le reſte » de ma vie, dit Polidore ; & moi » auſſi, dit Monime. Je veux d'abord, » dit Polidore, pour premiere péniten- » ce ; je veux, ſi tu es groſſe, que ton » fruit périſſe. . . . Non, dit Monime, » je veux qu'il vive, qu'il ſoit auſſi » malheureux que nous, qu'il porte » la peine de notre crime.

» Allons, dit Polidore, dans quel-
» que affreuse solitude, errons comme
» Adam & Eve chassés du Paradis;
» allons parmi les serpens qui boivent
» le sang des enfans; & quand je mour-
» rai, puisses-tu me tenir dans tes bras!

Voilà donc l'abomination de la désolation dans la famille; le pere outragé par Chamont, son fils Castalio toujours au désespoir d'avoir été rebuté par sa femme; cette femme criminelle malgré elle, en proye à la douleur & à la honte. Polidore dévoré de ses remords & de son désespoir; il vient trouver son Frere, il l'insulte exprès, il l'appelle menteur & poltron pour l'engager à mettre l'épée à la main. Castalio tire en effet l'épée; Polidore se précipite lui-même au-devant du coup. » Voilà ce

» que je voulais ; voilà ce que j'ai mé» rité ; je t'avais outragé, je meurs de » ta main, tu es vengé « ; il tombe expirant entre ſon frere & Monime. Cette malheureuſe femme s'eſt empoiſonnée ; elle tombe morte à côté de Polidore. Le vieux pere arrive, il eſt témoin de cet horrible ſpectacle. Caſtalio recommande à Chamont ſa Sœur Serine, dont il a été peu queſtion juſqu'à ce moment, & il ſe tue aux yeux de ſon vieux pere, qui a déjà eu deux accès de faibleſſe dans la piéce, & qui ne la fera pas longue.

COURTES RÉFLEXIONS.

NOUS ſentons combien la Monime de Racine, dans *Mithridate*, eſt au-deſſous de la Monime de M. Thomas Otwai ; c'eſt le même qui fit *Veniſe préſervée*. Il eſt déſagréable qu'on ne nous ait pas traduit fidélement cette Veniſe ; on nous a privé d'un Sénateur qui mord les jambes de ſa Maîtreſſe, qui fait le chien, qui aboye & qu'on chaſſe à coups de fouet ; nous aurions encore eu le plaiſir de voir un échafaut, une roue, un prêtre qui veut exhorter à la mort le Capitaine Pierre, & qu'on renvoie comme un gueux ; il y a mille autres traits de cette force, que le Traducteur a épargné à notre fauſſe délicateſſe.

Nous ne pouvons trop nous plaindre que le Traducteur nous ait privés, avec la même cruauté, des plus belles Scènes de l'Othello de Shakespear. Avec quel plaisir nous aurions vû la premiere Scène à Venise, & la derniere en Chipre! Un Maure enleve d'abord la fille d'un Sénateur. Jago, Officier du Maure, court sous la fenêtre du pere: le pere paraît en chemise à cette fenêtre. » Tête-bleu, » dit Jago, mettez votre robe; un » belier noir monte sur votre brebis » blanche; allons, allons, debout, » descendez, ou le diable va faire de » vous un grand-pere.

LE SENATEUR.

» Quoi donc? que veux-tu? es-tu » devenu fou?

JAGO.

JAGO.

» Eh ! mordieu, Signor, êtes-vous
» de ceux qui n'oſeraient ſervir Dieu,
» ſi le Diable le leur défendait ? Nous
» venons vous rendre ſervice, & vous
» nous prenez pour des Ruffiens ; je
» vous dis que votre fille va être cou-
» verte par un cheval de Barbarie ; que
» vos petits-enfans henniront après
» vous, & que vous aurez pour cou-
» ſins des rouſſins d'Afrique.

LE SENATEUR.

» Quel profane coquin me parle
» ainſi ?

JAGO.

» Eh ! oui ; ſçachez que votre fille
» Deſdémona & le Maure Othello
» font à préſent la bête à deux dos.

Ce même Jago accompagne à Chipre le Maure Othello, & la Signora

Desdémona, que le Sénat a gracieusement accordée pour femme à ce Maure, Gouverneur de Chipre, en dépit du pere.

A peine sont-ils arrivés dans cette Isle, que ce Jago entreprend de rendre le Maure jaloux de sa femme, & de lui faire soupçonner sa fidélité. Le Maure commence déjà à sentir de l'inquiétude, il fait ses réflexions. *Après tout*, dit-il, *quelle sensation ai-je eue des plaisirs que d'autres ont pû lui donner, & de sa luxure? Je ne l'ai point vû, cela ne m'a point blessé, j'ai dormi tout aussi-bien. Quand on nous vole une chose dont nous n'avons pas besoin, si nous l'ignorons, on ne nous a rien volé.... J'aurais été fort heureux, si toute l'armée, & jusqu'aux Gougeats avaient tâté d'elle, & que je n'en eusse rien ſçu. . . . Oh ! non . . . Adieu tout contentement ; adieu les troupes emplumées ; adieu la fiere guerre, qui fait une vertu de l'ambition ; adieu les chevaux henniſſans, & la trompette aigue, & le fifre qui perce l'oreille, & le tambour qui anime le courage, & la banniere Royale, & tous les grades, & l'orgueil, & la pompe, & les détails d'une guerre glorieuſe ; & vous, engins mortels, dont le rude goſier imite ceux de l'immortel Jupiter, adieu ; Othello n'a plus d'occupation.*

C'eſt encore là un des endroits admirables, enrichis par les guillemets de Pope.

JAGO.

» Eſt-il poſſible, Monſeigneur !

OTHELLO *le prenant à la gorge.*

» Vilain, prouves-moi que ma fem-

» me eſt une putain, prouves-le moi, » donnes-m'en une preuve oculaire, » ou par tout ce que vaut l'ame éter- » nelle de l'homme, il vaudrait mieux » pour toi que tu fuſſes né un chien.

JAGO.

» Cette fonction ne me plaît guè- » res; mais puiſque je me ſuis ſi fort » avancé, par pure honnêteté & par » amitié pour vous, je pourſuivrai. » J'étais couché l'autre nuit avec vo- » tre Lieutenant Caſſio, & je ne pou- » vais dormir à cauſe d'une rage de » dent: il y a des gens, comme vous » ſçavez, qui ont l'ame ſi relâchée, » qu'ils parlent en dormant de leurs » affaires; Caſſio eſt un de ceux-là. Il » diſait dans ſon ſommeil, ma chere » Deſdémona, ſoyons bien prudens, » cachons bien nos amours; en parlant

» ainsi, il me prenait les mains, il me
» tâtonnait, il s'écriait, ah! charmante créature, & il me baisait avec ardeur, comme s'il eût arraché par la racine des baisers plantés sur mes lévres, & il mettait ses cuisses sur mes jambes & il soupirait, il haletait, il me baisait, il s'écriait, damné de destin qui t'a donnée à ce Maure?

Sur ces preuves si décemment énoncées, & sur un mouchoir de Desdémona que Cassio avait rencontré par hazard, le Capitaine Maure ne manque pas d'étrangler sa femme dans son lit, mais il lui donne un baiser avant de la faire mourir. » Allons, dit-il, » meurs putain... Ah! Monseigneur, » renvoyez-moi, mais ne me tuez » pas... Meurs putain... Ah! tuez-moi » demain, laissez-moi vivre cette

» nuit...Gueuſe, ſi tu branles!... Une » ſeule demi-heure .... Non, quand » cela ſera fait il n'y aura plus de dé- » lai... Mais que je diſe au moins mes » prieres... Non, il eſt trop tard... « Il l'étrangle ; & Deſdémona après avoir été bien étranglée , s'écrie qu'elle eſt innocente. Quand Deſdémona eſt morte , le Sénat rappelle Othello , on vient le prendre pour le mener à Veniſe où il doit être jugé. » Arrêtez , dit-il, un mot ou deux... » Vous direz au Sénat qu'un jour dans » Alep je trouvai un Turc à turban » qui battait un Vénitien & qui ſe » moquait de la République , je pris » par la barbe ce chien de Circoncis, » & *je le frappai ainſi* «. Il ſe frappe alors lui-même.

Un Traducteur Français qui nous

a donné des esquisses de plusieurs Pieces Anglaises, & entr'autres du Maure de Venise, moitié en vers, moitié en prose, n'a traduit aucun des morceaux essentiels que nous avons mis sous les yeux des Lecteurs, il fait parler ainsi Othello :

L'art n'est pas fait pour moi ; c'est un fard que je hais.
Dites-leur qu'Othello, plus amoureux que sage,
Quoiqu'époux adoré, jaloux jusqu'à la rage,
Trompé par un Esclave, aveuglé par l'erreur,
Immola son épouse, & se perça le cœur.

Il n'y a pas un mot de cela dans l'original. *L'art n'est pas fait pour moi*, est pris dans Zaïre ; mais le reste n'en est pas.

Le Lecteur est maintenant en état de juger le procès entre la Tragédie de Londres & la Tragédie de Paris.

DES DIVERS CHANGEMENS *ARRIVÉS* A L'ART TRAGIQUE.

QUI croirait que l'art de la Tragédie est dû en partie à Minos ? Si un Juge des enfers est l'inventeur de cette poësie, il n'est pas étonnant qu'elle soit un peu lugubre. On lui donne d'ordinaire une origine plus gaye. Thespis & d'autres yvrognes passent pour avoir introduit ce Spectacle chez les Grecs au temps des vendanges ; mais si nous en croyons Platon dans son Dialogue de Minos, on jouait déjà des Pieces de Théâtre du temps de ce Prince. Thespis promenait ses

Acteurs

Acteurs dans une charrette. Mais en Crête, & dans d'autres pays, long-temps avant Thespis, les Acteurs ne jouaient que dans les Temples. La Tragédie fut dans son origine une chose sacrée, & de-là vient que les hymnes des chœurs sont presque toujours les louanges des Dieux dans les Tragédies d'Eschile, de Sophocle, d'Euripide. Il n'était pas permis à un Poëte de donner une Piece avant quarante ans ; ils s'appellaient *Tragedididaskaloi*, Docteurs en Tragédie. Ce n'était qu'aux grandes Fêtes qu'on représentait leurs ouvrages ; l'argent que le Public employait à ces Spectacles était un argent sacré.

Eubulus ou Ecubolis, ou Ebylys, fit passer en loi qu'on mettrait à mort quiconque proposerait de détourner cette monnoye à des usages profanes. C'est pourquoi Demosthene dans sa seconde Olinthienne, employe tant de circonspection & tant de détours pour engager les Atheniens à employer cet argent à la guerre contre Philippe ; c'est comme si on entreprenait en Italie de soudoyer des troupes avec le trésor de Notre-Dame de Lorette.

Les Spectacles étaient donc liés aux cérémonies de la Religion. On sçait que chez les Egyptiens les danses, les chants, les représentations furent une partie essentielle des cérémonies réputées saintes. Les Juifs prirent ces usages des Egyptiens, comme tout Peuple ignorant & grossier tâche d'imiter ses voisins sçavans & polis ; de-là ces Fêtes juives, ces danses des Prêtres devant l'Arche, ces trompettes, ces hymnes, & tant d'autres cérémonies entierement Egyptiennes.

Il y a bien plus, les véritablement grandes Tragédies, les représentations imposantes & terribles étaient les mysteres sacrés qu'on célébrait dans les plus vastes Temples du monde, en présence des seuls initiés ; c'était là que les habits, les décorations, les machines étaient propres au sujet ; & le sujet était la vie présente & la vie future.

C'était d'abord un grand Chœur, à la tête duquel était l'Hierophante : Préparez-vous, s'écriait-il, à voir par les yeux de l'ame, l'arbitre de l'univers. Il est unique, il existe seul par lui-même, & tous les Etres doivent à lui seul leur existence ; il étend par-tout ſon pouvoir & ſes œuvres ; il voit tout, & ne peut être vu des mortels.

Le Chœur répétait cette Strophe ; enſuite on gardait quelque tems le ſilence, c'étoit là un vrai Prologue. La Piece commençait par une nuit répandue ſur le Théâtre ; des Acteurs paraiſſaient à la faible lueur d'une lampe ; ils erraient ſur des montagnes & deſcendaient dans des abîmes. Ils ſe heurtaient, ils marchaient comme égarés. Leurs diſcours, leurs geſtes exprimaient l'incertitude des démarches des hommes, & toutes les erreurs de notre vie. La Scène changeait, les Enfers paraiſſaient dans toute leur horreur, les Criminels avouaient leurs fautes & atteſtaient la vengeance céleſte. Enfin on voyait les Champs Elisiens, la demeure des Justes. Ils chantaient la bonté de Dieu, d'un seul Dieu, Créateur du monde ; ils enseignaient aux assistans tous leurs devoirs. C'est ainsi que Stobée parle dans ces Spectacles sublimes, dont on retrouve encore quelques faibles traces dans des fragmens épars de l'Antiquité.

Chez les Romains, la Comédie fut admise après la premiere guerre punique pour accomplir un vœu, pour détourner la contagion, pour appaiser les Dieux, comme le dit Tite-Live au Livre 7, ce fut un acte très-solemnel de Religion. Les Pieces de Livius Andronicus furent une partie de la cérémonie sainte des Jeux Séculaires. Jamais de Théâtre sans simulacres des Dieux & sans autels.

Les Chrétiens eurent la même horreur que les Juifs pour les cérémonies Payennes. Les premiers Peres de l'Eglise voulurent séparer en tout les Chrétiens des Gentils ; ils crierent contre les Spectacles. Le Théâtre, séjour des antiques Divinités subalternes, leur parut l'Empire du Diable. Mais S. Grégoire de Nazianze institua un Théâtre Chrétien, comme nous l'apprend Sozomène ; un saint Apollinaire en fit autant, c'est encore Sozomène qui nous en instruit dans l'Histoire Ecclésiastique. L'Ancien & Nouveau Testament furent les sujets de ces pièces ; & il y a très-grande apparence que la tradition de ces ouvrages de Théâtre, fut l'origine des mystères qu'on joua quelque temps après dans presque toute l'Europe.

Caſtelverro certifie dans ſa poëtique, que la Paſſion de Jeſus-Chriſt était jouée de temps immémorial dans toute l'Italie. Nous imitâmes ces repréſentations des Italiens, de qui nous tenons tout, & nous les imitâmes aſſez tard ; ainſi que nous avons fait dans preſque tous les arts de l'eſprit & de la main.

Nous ne commençâmes ces exercices qu'au quatorzieme ſiecle, les Bourgeois de Paris firent leurs premiers eſſais à S. Maur. On joua les Myſtères à l'entrée de Charles VI à Paris l'an 1380 ; on les joua à l'entrée de la Reine Iſabelle de Baviere en 1386, & le Roi en 1402 donna des Lettres patentes à la Confrairie de la Paſſion ; par leſquelles, *Elle leur accorde pour toujours, & perpé-*

tuellement, congé & licence de faire jouer quelque Myſtère que ce ſoit, ou de ladite Paſſion, ou Reſurrection, ou autre quelconque des Saints & Saintes qu'ils voudront élire & mettre ſus, ſoit devant le Roi, ſoit devant Commun, tant en records, (c. à. d. *muſique,*) *qu'autrement.*

Les Confreres acheterent depuis une place près de l'ancien Palais des Ducs de Bourgogne, & y firent bâtir un Théâtre ſpacieux en 1548, Théâtre ſubſiſtant aujourd'hui, occupés par les Comédiens nommés *Italiens.* Nous ne ſuivrons pas plus loin l'hiſtoire de ce Théâtre de l'Hôtel de Bourgogne, laquelle ſe trouve dans pluſieurs ouvrages. Voyons ce que c'était que ces Comédies ou Tragédies de la Paſſion.

On

On croit communément que ces pièces étaient des turpitudes, des plaiſanteries indécentes ſur les Myſtères de notre ſainte Religion, ſur la naiſſance d'un Dieu dans une étable, ſur le bœuf & ſur l'âne, ſur l'étoile des trois Rois, ſur ces trois Rois mêmes, ſur la jalouſie de Joſeph, &c. On en juge par nos Noëls, qui ſont en effet des plaiſanteries, auſſi comiques que blâmables, ſur tous ces événemens inéfables; il n'y a preſque perſonne qui n'ait entendu répéter les vers par leſquels on prétend qu'une de ces Tragédies de la Paſſion commence:

Mathieu? Plaît-il, Dieu?
Prends ton épieu.
Prendrai-je auſſi mon épée?
Oui, & ſuis-moi en Galilée.

Il n'y a pas un mot de tout cela

dans les pièces des myſtères qui ſont venues juſqu'à nous. Ces ouvrages étaient la plûpart très-graves, on n'y pouvait reprendre que la groſſiereté de la langue qu'on parlait alors. C'était la Sainte Ecriture en dialogues & en action ; c'étaient des chœurs qui chantaient les louanges de Dieu. Il y avait ſur le Théâtre beaucoup plus de pompe & d'appareil que nous n'en avons jamais vû, la troupe bourgeoiſe était compoſée de plus de cent Acteurs, indépendamment des Aſſiſtans, des Gagiſtes & des Machiniſtes. Auſſi on y courait en foule, & une ſeule loge était louée à l'Hôtel de Bourgogne, cinquante écus pour un Carême, avant même l'établiſſement de l'Hôtel de Bourgogne. C'eſt ce qui ſe voit par les regiſtres du Parlement de Paris de l'an 1541.

Les Prédicateurs se plaignirent que personne ne venait plus à leurs sermons, car le monologue fut en tout temps jaloux du dialogue : il s'en fallait beaucoup que les Sermons fussent alors aussi décens que ces Pieces de Théâtre. Si on veut s'en convaincre, on n'a qu'à lire les Sermons du Rev. P. Codret, & sur-tout aux pages 60 & 61, édition *in*-4°. de Paris 1515.

Certaine uxor rustici voulant amandare son mari, pour introduire un Prêtre quem amabat, après Vêpres détourne un veau de stabulo & in pascua relegavit, & incitat maritum, ut quæreret; & quand le bon homme allait cherchant le veau, bonus adulter bis aut ter rustici uxorem subegit, & re-

patratâ diſceſſit ; le bouvier revenu avec ſon bœuf , adhæſit uxori , & toucha iter femineum , & reperit irroratum , admiratur. Rogat uxorem cur cunnus rorat , & illa reſpondit amiſſo de bove plorat. Ruſticus credidit , & ſubinde cum coïret , viam ſenſit latiorem , & dixit largior eſt ſolito , & illa reſpondit , ridet de bove reperto.

Les myſteres ne ſont point du tout dans ce goût , quoiqu'ils en ayent la naïveté on n'y trouve aucune obſcénté. Cependant en 1541 le Procureur Général , par ſon Réquiſitoire du 9 Novembre , prétend (article ſecond) *que prédications ſont plus décentes que myſteres , attendu qu'elles ſe font par Théologiens , gens doctes & de ſçavoir , que ne ſont les actes que font gens indoctes.*

Sans entrer dans un plus long détail ſur les myſteres & ſur les moralités qui leur ſuccederent, il ſuffira de dire que les Italiens qui les premiers donnerent ces Jeux, les quitterent auſſi les premiers : le Cardinal Bibiena, le Pape Leon X, l'Archevêque Triſſino, reſſuſciterent, autant qu'ils le purent le Théâtre des Grecs. La ville de Vicence, en 1514, fit des dépenſes immenſes pour la repréſentation de la premiere Tragédie qu'on eût vue en Europe, depuis la décadence de l'Empire. Elle fut jouée dans l'Hôtel-de-Ville, & on y accourut des extrémités de l'Italie ; la Piece eſt de l'Archevêque Triſſino, elle eſt noble, elle eſt réguliere, & purement écrite ; il y a des Chœurs, elle reſpire en tout le goût de l'Antiquité ; on ne peut lui reprocher que les déclamations, les défauts d'intrigue & la langueur ; c'étaient les défauts des Grecs, il les imita trop dans leurs fautes, mais il atteignit à quelques-unes de leurs beautés. Deux ans après, le Pape Leon X fit représenter à Florence la Rosamonda du Ruccelaï, avec une magnificence très-supérieure à celle de Vicence. L'Italie fut partagée entre le Ruccelaï & le Trissino.

Long-temps auparavant la Comédie sortait du tombeau par le génie du Cardinal Bibiena, qui donna la Calandra en 1482 : après lui ont eut les Comédies de l'immortel Arioste, la fameuse Mandragore de Machiavel ; enfin le goût de la Pastorale prévalut. L'Aminte du Tasse eut le succès qu'elle méritait, & le Paſtor fido un ſuccès encore plus grand : toute l'Europe ſçavait & ſçait encore par cœur cent morceaux du Paſtor fido ; ils paſſeront à la derniere poſtérité : il n'y a de véritablement beau que ce que toutes les Nations reconnaiſſent pour tel. Malheur à un Peuple (comme on l'a déjà dit) qui ſeul eſt content de ſa Muſique, de ſes Peintures, de ſon Eloquence, de ſa Poëſie.

Tandis que le Paſtor fido enchantait l'Europe, qu'on en récitait partout des Scènes entieres, qu'on le traduiſait dans toutes les Langues, en quel état étaient ailleurs les Belles-Lettres & les Théâtres ? Ils étaient dans l'état où nous étions tous, dans la barbarie. Les Eſpagnols avaient encore leurs Autos - Sacramentales, c'eſt-à-dire, leurs Actes Sacramentaux. Lopez de Vega, qui était digne de corriger ſon ſiecle, fut ſubjugué par ſon ſiecle. Il dit lui-même qu'il eſt obligé, pour plaire, d'enfermer ſous la clef les bons Auteurs anciens, de peur qu'ils ne lui reprochent ſes ſottiſes, dans l'une de ſes meilleures Pieces intitulée *Don Raymond*. Ce Don Raymond, fils d'un Roi de Navarre, eſt déguiſé en payſan, l'Infante de Léon, ſa Maîtreſſe, eſt déguiſée en bucheron, un Prince de Léon en pélerin, une partie de la Scène eſt chez un aubergiſte.

Pour les Français, quels étaient leurs Livres & leurs Spectacles favoris? Le Chapitre des torcheculs de Gargantua, l'Oracle de la dive Bouteille, les Pieces de Chrétien & de Hardy.

Soixante-

Soixante-douze ans s'écoulerent depuis Jodelle, qui ſous Henri II avait très-vainement tenté de faire revivre l'art des Grecs, ſans que la France produisît rien de ſupportable. Enfin, Mairet, Gentilhomme du Duc de Montmorenci, après avoir luté longtemps entre le mauvais goût, donna ſa Tragédie de Sophoniſbe, qui ne reſſemble point à celle de l'Archevêque Treſſino. C'eſt une petite ſingularité que la renaiſſance du Théâtre, & l'obſervation des regles aient commencé en Italie & en France par une Sophoniſbe. Cette piéce de Mairet eſt la premiere que nous ayons, dans laquelle les trois unités ne ſoient point violées; elle ſervit de modele à la plupart des Tragédies qu'on donna depuis. Elle fut jouée en 1629, quelque temps avant que Corneille travaillât pour la Scène Tragique ; & elle fut si goûtée, malgré ses défauts, que lorsque Corneille lui-même voulut ensuite donner une Sophonisbe, elle tomba ; & celle de Mairet se soutint encore long-temps. Mairet ouvrit donc la véritable carriere où Rotrou entra, & celui-ci alla plus loin que son Maître. On joue encore sa Tragédie de Venceslas, piéce très-défectueuse à la vérité, mais dont la premiere Scène & presque tout le quatrieme Acte sont des chefs-d'œuvres.

Corneille parut ensuite ; sa Médée, qui n'est qu'une déclamation, eut un peu de succès. Mais le Cid fut la premiere piéce qui franchit les bornes de la France, & qui obtint tous les suffrages, excepté ceux du Cardinal de

Richelieu & de Scuderi. On ſçait aſſez juſqu'à quel point ce grand homme s'éleva dans les belles Scènes des Horaces, & dans ſon chef-d'œuvre de Cinna, dans les perſonnages de Cornelie, de Severe, dans le cinquieme Acte de Rodogune. Si Pertharile, Theodore, Œdipe, Berenice, Surena, Pulcherie, Ageſilas, Attila, Don Sanche, la Toiſon d'Or, ont été indignes de lui & de tous les Théâtres. Ses belles piéces, & les morceaux admirables répandus dans les médiocres, le feront toujours regarder avec juſtice comme le pere de la Tragédie.

Il eſt inutile de parler ici de celui qui fut ſon émule & ſon vainqueur, quand ce grand homme commença à baiſſer. Il ne fut plus permis alors de négliger la langue & l'art des vers dans les Tragédies, & tout ce qui ne fut pas écrit avec l'élégance de Racine fut méprisé.

Il est vrai qu'on nous reprocha, avec raison, que notre Théâtre était une école continuelle d'une galanterie, & d'une coquetterie qui n'a rien de Tragique. On a justement condamné Corneille pour avoir fait parler d'amour Théfée, & Dircé au milieu de la peste; pour avoir mis des petites coquetteries sans passion dans la bouche de Cléopâtre; & enfin, pour avoir presque toujours traité l'Amour Bourgeois dans tous ses ouvrages, sans jamais en faire une passion forte, excepté dans les fureurs de Camille, & dans les Scènes attendrissantes du Cid qu'il avait prises dans Guilen de Caſtro, & qu'il avait embélies. On ne reprocha pas à l'élégant Racine l'amour inſipide & les expreſſions Bourgeoiſes. Mais on s'apperçut bientôt que toutes ſes piéces, & celles des Auteurs ſuivans, contenaient une déclaration, une rupture, un raccommodement, une jalouſie. On a prétendu que cette uniformité de petites intrigues aurait trop avili les piéces de cet aimable Poëte, s'il n'avait pas ſçu couvrir cette faibleſſe de tous les charmes de la Poëſie, des graces de ſa diction, de la douceur de ſon éloquence ſage, & de toutes les reſſources de ſon art.

Dans les beautés frappantes de notre Théâtre, il y avait un autre défaut caché, dont on ne s'était pas apperçu, parce que le Public ne pou-

vait pas avoir par lui-même des idées plus fortes que celles de ces Grands-Maîtres. Ce défaut ne fut relevé que par Saint-Evremont ; il dit *que nos piéces ne font pas une impression assez forte ; que ce qui doit former la pitié, fait tout au plus de la tendresse, que l'émotion tient lieu de saisissement, l'étonnement de l'horreur ; qu'il manque à nos sentimens quelque chose d'assez profond.*

Il faut avouer que Saint-Evremont a mis le doigt dans la plaie secrette du Théâtre Français ; on dira tant qu'on voudra que Saint-Evremont est l'Auteur de la pitoyable Comédie de Sir-politik, & de celle des Opéra, que ses petits vers de Société sont ce que nous avons de plus plat en ce genre, que c'était un petit faiseur de phraſes ; mais on peut être totalement dépourvu de génie, & avoir beaucoup d'eſprit & de goût. Certainement ſon goût était très-fin, quand il trouvait ainſi la raiſon de la langueur de la plupart de nos piéces.

Il nous a preſque toujours manqué un dégré de chaleur ; nous avions tout le reſte. L'origine de cette langueur, de cette faibleſſe monotone, venait probablement de la conſtruction de nos Théâtres, de la meſquinerie du Spectacle, & des Acteurs qui achetaient les piéces des Auteurs. Tout fut bas & ſervile ; des Comédiens avaient un privilége ; ils achetaient un jeu de paume, un tripot, ils formaient un Troupe comme des Marchands forment une Société. Ce n'était pas là le Théâtre de Periclés.

Que pouvait-on faire sur une vingtaine de planches chargées de Spectateurs, quelle pompe, quel appareil pouvait parler aux yeux ? Quelle grande action Théâtrale pouvait être exécutée ? Quelle liberté pouvait avoir l'imagination du Poëte. Les Piéces devaient être composées de longs récits ; c'étaient de belles conversations, plutôt qu'une action. Chaque Comédien voulait briller par un long Monologue ; ils rebutaient une Piéce qui n'en avait point ; il fallut que Corneille dans Cinna débutât par l'inutile Monologue d'Emilie qu'on retranche aujourd'hui.

Cette forme qui excluait toute action théâtrale, excluait aussi ces grandes expressions des passions, ces tableaux frappans des infortunes humaines,

maines, ces traits terribles & perçans qui arrachent le cœur ; on le touchait, & il fallait le déchirer. La déclamation qui fut jusqu'à Mademoiselle Lecouvreur un récitatif mesuré, un chant presque noté, mettait encore un obstacle à ces emportemens de la nature, qui se peignent par un mot, par une attitude, par un silence, par un cri qui échappe à la douleur.

Nous ne commençâmes à connaître ces traits que par Mademoiselle Dumesnil, lorsque dans Merope, les yeux égarés, la voix entrecoupée, levant une main tremblante, elle allait immoler son propre fils. Quand Narbas l'arrêta, quand laissant tomber son poignard, on la vit s'évanouir entre les bras de ses femmes,

& qu'elle ſortit de cet état de mort avec les tranſports d'une mere ; lorſqu'enſuite s'élançant aux yeux de Polifonte, traverſant en un clin d'œil tout le Théâtre, les larmes dans les yeux, la pâleur ſur le front, les ſanglots à la bouche, les bras étendus, elle s'écria, *Barbare, il eſt mon fils.* Nous avons vu Baron, il était noble & décent, mais c'était tout. Mademoiſelle Lecouvreur avait les graces, la juſteſſe, la ſimplicité, la vérité, la bienſéance ; mais pour le grand pathétique de l'action, nous le vîmes la premiere fois dans Mademoiſelle Dumeſnil.

Quelque choſe de ſupérieur encore, s'il eſt poſſible, a été l'action de Mademoiſelle Clairon, & de l'Acteur qui joue Tancrede, au troiſiéme

Acte de la Piece de ce nom & à la fin du cinquieme ; jamais les ames n'ont été transportées par des secousses si vives, jamais les larmes n'ont plus coulé. La perfection de l'art des Acteurs s'est déployée en ces deux occasions dans une force dont jusques là nous n'avions point d'idée, & Mademoiselle Clairon est devenue sans contredit le plus grand Peintre de la Nation.

Si dans le quatriéme Acte de Mahomet on avait de jeunes Acteurs qui prissent ces grands traits pour modele, un Séïde qui sçut être à la fois enthousiaste & tendre, féroce par fanatisme, humain par nature, qui sçut frémir & pleurer, une Palmire animée, attendrie, effrayée, tremblante du crime qu'on va commettre ; sentant déjà l'horreur, le repentir, le désespoir, à l'instant que le crime est commis; un pere vraiment pere qui en eut les entrailles, la voix, le maintien; un pere qui reconnaît ses deux enfans dans ses deux meurtriers, qui les embrasse en versant ses larmes avec son sang; qui mêle ses pleurs avec ceux de ses enfans, qui se souleve pour les serrer entre ses bras, retombe, se penche sur eux; enfin, ce que la nature & la mort peuvent fournir à un tableau, cette situation serait encore au-dessus de celles dont nous venons de parler.

Ce n'est que depuis quelques années que les Acteurs ont enfin hazardé d'être ce qu'ils doivent être, des Peintures vivantes: auparavant ils déclamaient. Nous sçavons, & le Public le ſçait mieux que nous, qu'il ne faut pas prodiguer ces actions terribles & déchirantes, que plus elles font d'impreſſion, bien amenées, bien ménagées, plus elles ſont impertinentes quand elles ſont hors de propos. Une Piece mal écrite, mal débrouillée, obſcure, chargée d'incidens incroyables, qui n'a de mérite que celui d'un pantomime & d'un décorateur, n'eſt qu'un monſtre dégoûtant.

Placez un tombeau dans Semiramis, oſez faire paraître l'ombre de Ninus, que Ninias ſorte de ce tombeau les bras teints du ſang de ſa mere, cela vous ſera permis, le reſpect pour l'antiquité, la mythologie, la majeſté du ſujet, la grandeur du crime, je ne ſçais quoi de ſombre & de terrible répandu dans les premiers vers ſur toute cette Tragédie, tranſportent le Spectateur hors de ſon ſiecle & de ſon pays ; mais ne répétez pas ces hardieſſes, qu'elles ſoient rares, qu'elles ſoient néceſſaires ; ſi elles ſont inutilement prodiguées, elles feront rire.

L'abus de l'action théâtrale peut faire rentrer la Tragédie dans la barbarie. Que faut-il donc faire ? Craindre tous les écueils ; mais comme il eſt plus aiſé de faire une belle décoration qu'une belle Scène, plus aiſé d'indiquer des certitudes que de bien écrire, il eſt vraiſemblable qu'on gâtera la Tragédie en croyant la perfectionner.

PARALLELE D'HORACE, DE BOILEAU ET DE POPE.

Le même Journal Encyclopédique, l'un des plus curieux & des plus instructifs de l'Europe, nous instruit d'un parallele entre Horace, Boileau & Pope, fait en Angleterre. Il nous rappelle des Vers de M. de Voltaire au Roi de Prusse, dans lesquels Pope a la préférence sur le Français & sur le Romain.

Quelques traits échappés d'une utile morale,
Dans leurs piquans écrits brillent par intervalle;
Mais Pope approfondit ce qu'ils ont effleuré :
D'un esprit plus hardi, d'un pas plus assuré
Il porta le flambeau dans l'abîme de l'Etre;
Et l'homme, avec lui seul, apprit à se connaître.

Ces Vers se trouvent à la tête du Poëme de M. de Voltaire sur la Loi naturelle, Ouvrage philosophique & moral, dans lequel la Poësie reprend son premier droit, celui d'enseigner la vertu, l'amour du prochain, l'indulgence ; & où l'Auteur développe les principes de la Loi universelle que Dieu a mis dans tous les cœurs ; nous convenons avec M. de Voltaire que l'Essai sur l'Homme de l'illustre Pope est un très-bon Ouvrage, & que ni Horace, ni Boileau, ni aucun Poëte n'ont rien fait dans ce genre. Rousseau est le seul qui ait tenté quelque chose d'approchant, dans une Piece de Vers intitulée, on ne sçait pourquoi, *Allégorie :* il fait ses efforts pour expliquer le systême de Platon ; mais que cet Ouvrage est faible, languissant!

ſant ! Ce n'eſt ni de la Poëſie, ni de la Philoſophie, il ne prouve ni ne peint.

L'Homme & les Dieux de ton ſouffle animés,
Du même eſprit diverſement formés,
Furent doués, par ta bonté fertile,
D'une chaleur plus vive ou moins ſubtile,
Selon les corps ou plus vifs, ou plus lents,
Qui de leur feu retardent les élans;
Par ces degrés de lumiere inégale,
Tu ſçus remplir le vuide & l'intervalle
Qui ſe trouvait, ô magnifique Roi!
De l'Homme aux Dieux, & des Dieux juſqu'à toi;
Et dans cette œuvre éclatante, éternelle,
Ayant comblé ton idée éternelle,
Tu fis du Ciel la demeure des Dieux,
Et tu mis l'Homme en ces terreſtres lieux,
Comme le terme & l'équateur ſenſible
De l'Univers inviſible & viſible.

Il n'eſt pas étonnant que cette Piece ſoit demeurée dans l'oubli ; c'eſt, comme on voit, un galimathias de termes impropres, un tiſſu d'épithetes oiſeuſes, un vrai cahos.

Il n'en eſt pas ainſi de l'Eſſai de Pope ; jamais vers ne formerent tant de grandes idées en ſi peu de paroles. C'eſt le plan des Lords Shaftsburi & Bolingbroke exécuté par le plus habile ouvrier ; auſſi eſt-il traduit dans preſque toutes les langues de l'Europe. Nous n'examinons pas ſi cet ouvrage, ſi fort & ſi plein, eſt orthodoxe ; ſi même ſa hardieſſe n'a pas contribué à ſon prodigieux débit ; s'il ne ſappe pas les fondemens de la Religion Chrétienne, en tâchant de prouver que les choſes ſont dans l'état où elles devaient être originairement, & ſi ce ſyſtême ne renverſe pas le dogme de la chute de l'Homme,

& les divines Ecritures : nous ne sommes pas Théologiens ; nous leur laissons le soin de confondre Pope, Shaftsburi, Bolingbroke & Leibnits ; nous nous en tenons uniquement à la Philosophie & à la Poësie ; nous osons, en cherchant à nous éclairer, demander comment il faut expliquer ce vers qui est le précis de tout l'ouvrage :

All partial evil à general good.

Tout mal particulier est le bien général.

Voilà un étrange bien général que celui qui serait composé des souffrances de chaque individu ! Entendra cela qui pourra. Bolingbroke s'entendait-il bien lui-même, quand il digérait ce systême ? Que veut dire : *Tout est bien ?* Est-ce pour nous ? Non, sans doute. Eſt-ce pour Dieu ? Il eſt clair que Dieu ne ſouffre pas de nos maux. Quelle eſt donc au fond cette idée Platonicienne ? Un cahos, comme tous les autres ſyſtêmes ; mais on l'a orné de diamans.

Quant aux autres Epîtres de Pope qui pourraient être comparées à celles d'Horace & de Boileau, je demanderai ſi ces deux Auteurs, dans leurs Satyres, ſe ſont jamais ſervi des armes dont Pope ſe ſert. Les gentilleſſes dont il régale Milord Harvey, l'un des plus aimables hommes d'Angleterre, ſont un peu ſingulieres ; les voici mot pour mot.

Que Harvey tremble ! Que cette choſe de ſoye !
Harvey, ce fromage mou fait de lait d'âneſſe !
Hélas ! il ne peut ſentir ni ſatyre ni raiſon.
Qui voudrait faire mourir un papillon ſur la roue ?

Pourtant je veux frapper cette punaise volante à aîles dorées,
Cet enfant de la boue qui se peint & qui put,
Dont le bourdonnement fatigue les Beaux-Esprits & les Belles,
Qui ne peut tâter ni de l'esprit, ni de la beauté:
Ainsi l'Epagneul bien élevé se plaît civilement
A mordiller le gibier qu'il n'ose entamer.
Son sourire éternel trahit son vuide....
Comme les petits ruisseaux se rident dans leurs cours,
Soit qu'il parle avec son impuissance fleurie,
Soit que cette marionette barbouille les mots que le compere lui souffle,
Soit que crapaud familier à l'oreille d'Eve,
Moitié écume, moitié venin, il se crache lui-même en compagnie,
En quolibets, en politique, en contes, en mensonges;
Son esprit roule sur des oüi-dires, entre ceci, & cela;
Tantôt haut, tantôt bas, petit-maître ou petite-maîtresse;
Et lui-même n'est qu'une vile antithèse,
Etre amphibie, qui, en jouant les deux rôles,
La tête frivole, & le cœur gâté,
Fat à la toilette, flatteur chez le Roi,

Tantôt trotte en Lady, tantôt marche en Mylord.
Ainſi les Rabins ont peint le Tentateur
Avec face de Chérubin, & queue de Serpent,
Sa beauté vous choque, vous vous défiez de ſon
 eſprit,
Son eſprit rampe & ſa vanité léche la pouſſiere.

Il eſt vrai que Pope a la diſcrétion de ne pas nommer le Lord qu'il déſigne; il l'appelle honnêtement *Sporus*, du nom d'un infâme proſtitué à Néron.

Les Lecteurs pourront demander ſi c'eſt Pope ou un de ſes Porteurs de chaiſe qui a fait ces vers. Ce n'eſt pas-là abſolument le ſtyle de Deſpréaux. Ne concluera-t-on pas de ce petit écrit que la politeſſe d'une Nation n'eſt pas la politeſſe d'une autre?

Pour mieux faire ſentir encore, s'il ſe peut, cette différence que la Nature & l'Art mettent ſouvent entre des

Nations voisines, jettons les yeux sur une traduction fidele d'un des plus délicats passages de la *Dunciade* de Pope ; c'est au chant second. La *Bêtise* a proposé des prix pour celui de ses favoris qui sera vainqueur à la course. Deux Libraires de Londres disputent le prix : l'un est Lintot, personnage un peu pesant ; l'autre est Curl, homme plus délié : ils courent, & voici ce qui arrive :

Au milieu du chemin on trouve un bourbier
Que Madame Curl avait produit le matin :
C'était sa coutume de se défaire au lever de l'aurore
Du marc de son souper, devant la porte de sa voisine.
Le malheureux Curl glisse ; la troupe pousse un grand cri ;
Le nom de Lintot raisonne dans toute la rue ;
Le mécréant Curl est couché dans la vilainie,
Couvert de l'ordure qu'il a lui-même fournie, *&c.*

Le portrait de la Mollesse dans le

Lutrin eſt d'un autre genre ; mais chaque Nation a ſon goût.

Une autre concluſion que nous oſerons tirer encore de la comparaiſon des petits Poëmes détachés, avec les grands Poëmes, tels que l'Epopée & la Tragédie, c'eſt qu'il faut les mettre à leur place. Je ne vois pas comment on peut égaler une Epître, une Ode, à une bonne Piéce de Théâtre. Qu'une Epître, ou ce qui eſt plus aiſé à faire, une Satire, ou ce qui eſt ſouvent aſſez inſipide, une Ode ſoit auſſi bien écrite qu'une Tragédie, il y a cent fois plus de mérite à faire celle-ci, & plus de plaiſir à la voir, que non pas à faire & à lire des lieux communs de Morale. Je dis lieux communs ; car tout a été dit. Une bonne Epître Morale ne nous apprend rien ;

rien ; une bonne Ode encore moins ; elle peut tout au plus amuſer un quart d'heure les gens du métier ; mais créer un ſujet, inventer un nœud & un dénouement, donner à chaque perſonnage ſon caractere, le ſoutenir, le rendre intéreſſant, & augmenter cet intérêt de Scène en Scène ; faire enſorte qu'aucun d'eux ne paraiſſe & ne ſorte ſans une raiſon ſentie de tous les Spectateurs, ne laiſſer jamais le Théâtre vuide, faire dire à chacun ce qu'il doit dire, avec nobleſſe & ſans enflure, avec ſimplicité, ſans baſſeſſe ; faire de beaux vers qui ne ſentent point le Poëte, & tel que le perſonnage aurait dû en faire s'il parlait en vers. C'eſt là une partie des devoirs que tout Auteur d'une Tragédie doit remplir, ſous peine de ne point réuſſir parmi nous ; & quand il s'eſt acquitté de tous ces devoirs, il n'a encore rien fait. *Eſther* eſt une Piéce qui remplit toutes ces conditions ; mais quand on l'a voulu jouer en Public, on n'a pu en ſoutenir la repréſentation. Il faut tenir le cœur des hommes dans ſa main ; il faut arracher des larmes aux Spectateurs les plus inſenſibles, il faut déchirer les ames les plus dures. Sans la terreur & ſans la pitié, point de Tragédie ; & quand vous auriez excité cette pitié & cette terreur ; ſi avec ces avantages vous avez manqué aux autres Loix ; ſi vos vers ne ſont pas excellens ; vous n'êtes qu'un médiocre Ecrivain, qui avez traité ſelon les regles un ſujet heureux.

Qu'une Tragédie eſt difficile ! Et

qu'une Epître, une Satyre ſont aiſées! Comment donc oſer mettre dans le même rang un Racine & un Deſpréaux. Quoi! on eſtimerait autant un Peintre de portrait qu'un Raphaël? Quoi! une tête de Rimbran ſera égale au tableau de la transfiguration, ou à celui des Nôces de Cana?

Nous ſçavons que les Epîtres de Deſpréaux ſont belles, qu'elles poſent ſur le fondement de la vérité, ſans laquelle rien n'eſt ſupportable; mais pour les Epîtres de Rouſſeau, quel faux dans les ſujets & quelles contorſions dans le ſtyle; qu'elles excitent ſouvent le dégoût & l'indignation? Que veut dire une Epître à Marot, dans laquelle il veut prouver qu'il n'y a que les ſots qui ſoient méchans: que ce paradoxe eſt ridicule?

Silla, Catilina, Cesar, Tibere, Néron même étaient-ils des sots? Le fameux Duc de Borgia était-il un sot? Et avons-nous besoin d'aller chercher des exemples dans l'Histoire profâne? Peut-on, d'ailleurs, souffrir la maniere dure & contrainte, dont cette idée fausse est exprimée?

Et si par fois on vous dit qu'un vaurien
A de l'esprit; examinez-le bien,
Vous trouverez qu'il n'en a que le casque,
Et qu'en effet c'est un sot sous le masque.

Le Casque de l'Esprit. Bon Dieu, est-ce ainsi que Despréaux écrivait? Comment souffrir le langage de l'Epître à M. le Duc de Noailles, qu'il baptisa, dans ses dernieres éditions, d'*Épître à M. le Comte de C...*

Jaçoit qu'en vous gloire & haute naissance
Soient alliés à titres & puissance,

Que de ſplendeurs & d'honneurs mérités
Votre Maiſon luiſe de tous côtés,
Si toutefois ne ſont-ce ces bluettes
Qui vous ont mis en l'eſtime où vous êtes.

Ce malheureux burleſque, ce mélange impertinent du jargon du ſeizieme Siécle, & de notre langue, ſi frondé par un Auteur aſſez connu, ne peut donner de prix à un ſujet qui par lui-même n'apprend rien, ne dit rien, n'eſt ni utile, ni agréable.

Un des grands défauts de tous les ouvrages de cet Auteur, c'eſt qu'on ne ſe retrouve jamais dans ſes peintures; on ne voit rien *qui rende l'homme cher à lui-même*, comme dit Horace: point d'aménité, point de douceur. Jamais cet Ecrivain mélancolique n'a parlé au cœur. Preſque toutes ſes Epîtres roulent ſur lui-même, ſur ſes querelles avec ſes ennemis ; le Public ne prend aucune part à ces pauvretés ; on ne ſe ſoucie pas plus de ſes vers contre la Motte, que de ſes roches de Saliſburi : qu'importe ?

. . . . » Qu'entre ces roches nues,
» Qui par magie en ces lieux ſont venues,
» S'en trouve ſept, trois de chacune part,
» Une au-deſſus ; le tout fait par tel art,
» Qu'il repréſente une porte effective,
» Porte vraiment bien faite & bien naïve ;
» Mais c'eſt le tout ; car qui voudrait y voir
» Tours ou Châtel, doit ailleurs ſe pourvoir.

Ces déteſtables vers & ce malheureux ſujet, peuvent-ils être comparés à la plus mauvaiſe Tragédie que nous ayons ? Nous ſommes raſſaſiez de vers : une denrée trop commune eſt avilie. Voilà le cas du *ne quid nimis*. Le Théâtre où la Nation ſe raſſemble eſt preſque le ſeul genre de Poëſie qui nous intéreſſe aujourd'hui ; encore ne faudroit-il pas avoir des Poëmes Dramatiques tous les jours.

Namque voluptates commendat rarior uſus.

FIN.

www.ingramcontent.com/pod-product-compliance
Ingram Content Group UK Ltd.
Pitfield, Milton Keynes, MK11 3LW, UK
UKHW020329180726
13839UKWH00002B/608

9 782329 336718